Bernd Flessner

Peter Schilling

Stefan Lohr

Der kleine Major Tom

Kometengefahr

Band 1: Völlig losgelöst

Band 2: Rückkehr zur Erde

Band 3: Die Mondmission

Band 4: Kometengefahr

Band 5: Gefährliche Reise zum Mars

Band 6: Abenteuer auf dem Mars

Band 7: Außer Kontrolle!

Band 8: Verloren im Regenwald

Band 9: Im Bann des Jupiters

Band 10: Im Sog des Schwarzen Lochs

Band 11: Wer rettet Ming und Hu?

Band 12: Plutinchen in Gefahr

Band 13: Die Wüste lebt

Weitere Abenteuer sind in Vorbereitung!

Bernd Flessner

Peter Schilling

Stefan Lohr

Kometengefahr

In Zusammenarbeit mit

DLR Deutsches Zentrum für Luft- und Raumfahrt

Ein besonderer Dank geht an
Herrn Dr. Volker Kratzenberg-Annies
für die fachliche Beratung seitens des DLR

TESSLOFF

FSC
www.fsc.org
MIX
Papier aus verantwortungsvollen Quellen
FSC® C108521

4. Auflage 2021

Burgschmietstraße 2-4, 90419 Nürnberg

Text: Bernd Flessner
Cover- und Innenillustrationen: Stefan Lohr
Idee/Mitwirkung: Peter Schilling
Lizenz: MajorTon Entertainment KG
Major Tom und *Völlig losgelöst* sind Marken
der MajorTon Entertainment KG
Grafische Gestaltung: Barbara Heinlein
Lektorat: Anja Kunze
Redaktion: Silke Neubert, Hannah Fleßner

www.tessloff.com

ISBN: 978-3-7886-4004-0

Dieses Buch entstand in Zusammenarbeit mit dem
Deutschen Zentrum für Luft- und Raumfahrt (DLR),
das den Text auf fachliche Richtigkeit geprüft hat.

DLR Deutsches Zentrum für Luft- und Raumfahrt

Inhalt

Wie alles begann

Der kleine Major Tom lebt zusammen mit seinem Vater, dem großen Major Tom, auf der Raumstation Space Camp 1. Seine Mutter arbeitet auch für die Weltraumagentur, ist aber nicht mit auf der Raumstation.

Stella ist seine beste Freundin und ebenfalls an Bord. Ihre Eltern sind bei der Bodenkontrolle beschäftigt. Plutinchen ist eine Roboterkatze und die treue Gefährtin von Tom und Stella. Gemeinsam erforschen sie das Weltall, beobachten die Erde und züchten Pflanzen an Bord der Raumstation. Eines Tages muss der große Major Tom unerwartet zum Mars fliegen und dort mithelfen, die Marsstation weiter aufzubauen.

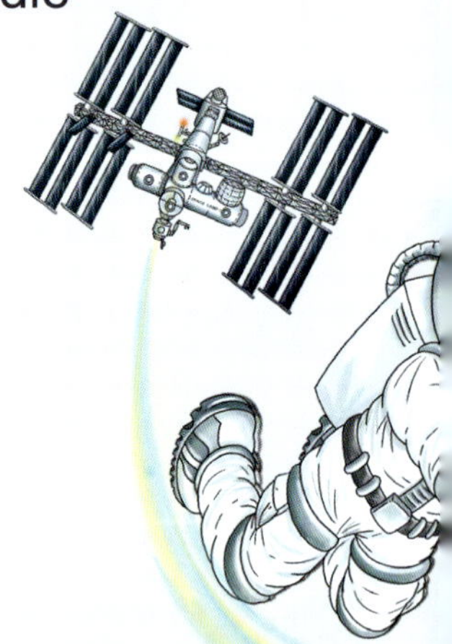

Tom, Stella und Plutinchen bleiben in der Raumstation zurück und sind nun ganz auf sich alleine gestellt.
Doch auch ohne ihre Eltern sind sie erfolgreiche und begeisterte Forscher. Gemeinsam meistern sie den Alltag auf der Raumstation, lösen Probleme und genießen zwischendurch den Ausblick auf ihren Heimatplaneten Erde. Auf den verschiedenen Missionen erleben sie ein Abenteuer nach dem anderen und lernen immer wieder Erstaunliches und Interessantes über die Erde und das Weltall. Dabei helfen sie sich gegenseitig und geben auch in brenzligen Situationen niemals auf.

Gefahr im Gewächshaus

„Aufwachen!“, schnurrte Plutinchen.

Der kleine Major Tom schlief wie ein Murmeltier und rührte sich nicht.

„Aufwachen!”, wiederholte Plutinchen und tippte vorsichtig mit der Pfote auf Toms Wange.

Langsam bewegte sich Tom in seinem grünen Schlafsack, der an der Bordwand festgeschnallt war. Er selbst war ebenfalls festgeschnallt, um nicht im Schlaf aus dem Schlafsack zu rutschen.

„Tom! Wach endlich auf!", wurde Plutinchen lauter.
„Was ist denn los?", maulte Tom und versuchte, die Pfote aus seinem Gesicht zu wischen. Seine Augen blieben aber geschlossen.
„Los! Du musst aufstehen!", fauchte die kleine Roboterkatze eindringlich.
„Mitten in der Nacht?", brummte Tom mürrisch. „Und mitten in einem schönen Traum. Ich bin gerade auf dem Mars gelandet."
„Es gibt Probleme", erklärte Plutinchen. „Im Gewächshaus."
Jetzt öffnete Tom doch seine Augen. Der Mars war verschwunden, er war wieder an Bord der Station Space Camp 1. Und dort gab es ein Gewächshaus. Ein kleines natürlich, aber groß genug, um zwei Astronauten ab und zu mit frischem Salat und Gemüse zu versorgen.
„Das Gewächshaus? Was ist im Gewächshaus?", fragte Tom schläfrig.
„Der Salat ist krank", antwortete Plutinchen.
„Der Salat ist krank?", wiederholte Tom und war augenblicklich hellwach. „Was sagen die Anzeigen?"

„Nicht viel", gab Plutinchen zu. „Scheint alles in Ordnung zu sein. Keine der Signalleuchten blinkt. Aber der Salat sieht ganz welk aus. Ich habe es gerade zufällig bemerkt."

Da Plutinchen keinen Schlaf brauchte, unternahm sie regelmäßig Kontrollgänge, während Tom und Stella schliefen.

Tom löste die Schlafgurte und schlüpfte aus dem Schlafsack.

„Wecke bitte Stella", sagte er und stieß sich von der Bordwand ab. „Ich sehe mir schon mal den Salat an."

Während Plutinchen mit ihren Haftfüßen an der Bordwand zum Schlafplatz von Stella stapfte, schwebte Tom zum Labormodul. Dort befand sich auch das kleine, vollautomatische Gewächshaus. Durch eines der runden Fenster konnte Tom sehen, dass die Blätter der Salatpflanzen tatsächlich welk waren. Plutinchen hatte gut aufgepasst.

Sofort kontrollierte er die Anzeigen und prüfte die Luftfeuchtigkeit im Gewächshaus, die Temperatur und das Licht. Die Pflanzen waren zwar nicht überlebenswichtig, aber ein Teil ihrer Nahrung.

Auf keinen Fall wollte er auf Salat, Tomaten oder Kohlrabi verzichten.
„Was ist passiert?", rief Stella, die schnell auf ihn zugeschwebt kam, aber von ihm aufgefangen wurde.
„Sieh dir mal unseren Garten an", antwortete Tom.
„Unser Gemüse macht schlapp."
„Oh nein!", raunte Stella. „Wir brauchen doch die frischen Sachen. Spaghetti ohne Salat mag ich nicht!"
„Die Anzeigen sind alle in Ordnung", berichtete Tom.
„Das sagt gar nichts", schüttelte Stella den Kopf.
„Aber das Gewächshaus arbeitet vollautomatisch", meinte Tom.

„Das schon”, entgegnete Stella. „Doch auch Computer können mal einen Fehler machen.”
In diesem Augenblick leuchtete eine kleine Signallampe über der Tür zum Gewächshaus auf.
„Warnung!”, sagte eine freundliche Computerstimme.
„Die Pflanzen im Gewächshaus sind gefährdet. Sofortiges Eingreifen erforderlich.”
„Leicht gesagt”, meinte Tom. „Dazu müssten wir erst einmal wissen, was nicht stimmt. Hast du vielleicht eine Idee, Plutinchen?”
„Ich kann nur die Messungen des Gewächshauses überprüfen”, antwortete die Roboterkatze. „Wasser, Luft, Temperatur, Nährstoffe und Licht sind demnach in Ordnung.”
„Was machen wir jetzt?”, fragte Tom. „Wenn das so weitergeht, sterben alle Pflanzen.”
„Was wir jetzt machen?”, wiederholte Stella. „Ganz einfach. Wir machen jetzt sofort die Tür auf und sehen nach.”
Stella zog sich an der Wand entlang zur Tür des kleinen Gewächshauses, nahm den Griff in die Hand und öffnete sie. Tom und Plutinchen folgten ihr.

Die Wurzeln der Pflanzen steckten in kleinen Plastikbeuteln, die mit besonderen Steinchen gefüllt waren. Kein Krümel und kein Wassertropfen konnten in die Schwerelosigkeit entweichen. Schläuche und Pumpen versorgten die Pflanzen mit Wasser und Nährstoffen.

„Sieht doch alles gut aus", meinte Tom.

„Dann reicht Sehen eben nicht aus", entgegnete Stella und holte einen Schraubenzieher aus einer Tasche ihres Overalls. Vorsichtig bohrte sie ein Loch in einen der Plastikbeutel. Ein paar Krümel lösten sich und schwebten in der Luft. Stella steckte den Schraubenzieher zurück und bohrte jetzt ihren Zeigefinger in das Loch.

„Trocken", stellte sie fest. „Die Füllung ist trocken. Den Pflanzen fehlt Wasser."

„Aber die Anzeige?", wunderte sich Tom.

„Die Anzeige zeigt etwas Falsches an", sagte Stella.

„Vielleicht ist ein Messfühler kaputt. Das kann

passieren. Er übermittelt dann falsche Messwerte an den Computer. Kannst du das mal überprüfen, Plutinchen?"
„Wird sofort erledigt", antwortete die Katze und schwebte in das Gewächshaus. Dort zog sie einige der Fühler, die wie lange Nadeln aussahen, aus den Plastikbeuteln und untersuchte sie.
Tom und Stella verfolgten jeden ihrer Pfotengriffe.
„Fehler gefunden", meldete Plutinchen schon nach wenigen Minuten. „Einige der Messfühler sind korrodiert."
„Korrodiert?", fragte Stella.
„Verrostet", erklärte Plutinchen. „Sie funktionieren nicht mehr richtig."
„Mit anderen Worten, unsere Salate und Tomaten brauchen Wasser", meinte Tom.
„Dringend", stimmte ihm Stella zu. „Wenn es nicht schon zu spät ist."
„Ich kümmere mich darum", sagte Tom und verließ das Gewächshaus. Er schwebte zur Anzeigentafel und tippte mit dem Finger auf das Display. „Ich erhöhe die Wasserzufuhr."

„Und ich tausche die alten Messfühler gegen neue aus", sagte Stella. „Plutinchen weiß bestimmt, wo ich die finde."
„Im Lagermodul in der Kiste mit der Nummer 314", antwortete die Roboterkatze.
„Also los!", rief Stella. „Ich liebe nämlich Salat."

Toms Vater meldet sich

Eine gute Stunde später war das Gewächshaus repariert und die Pflanzen wurden wieder mit Wasser versorgt. Mit großen Augen starrten Tom und Stella durch die Fenster.
„Hoffentlich haben wir es noch rechtzeitig bemerkt", wünschte sich Stella.
„Da!", rief Tom. „Das eine Blatt hat sich bewegt!"
„So schnell geht das auch wieder nicht", schüttelte Stella den Kopf. „Das war bestimmt ein Lufthauch von der Belüftungsanlage. Komm, wir schauen später noch einmal nach. Lass uns frühstücken."
„Bodenkontrolle an Major Tom!", tönte plötzlich der Lautsprecher.
„Mensch! Mein Vater!", rief Tom und stieß sich kräftig vom Gewächshaus ab. „Das hätte ich fast vergessen!"
Wie eine kleine Rakete schoss er durch das Labor, erwischte aber die Verbindungsluke, ohne sich zu stoßen. Im Wohnmodul hatte er weniger Glück.

Er streckte zwar die Hände aus, traf aber einen aufgeklappten Monitor mit seiner Nase.
„Typisch", meinte Stella.
„Bodenkontrolle an Major Tom!", wiederholte die Stimme von der Erde.
„Major Tom an Bodenkontrolle", antwortete der kleine Major Tom, der schon sehnsüchtig auf den Funkspruch wartete. „Ist er eingetroffen?"
„Wer ist eingetroffen?", fragte die Bodenkontrolle.
„Der Funkspruch von meinem Vater", erklärte Tom aufgeregt.
„Ja, wir haben eine Nachricht von deinem Vater empfangen und leiten sie an dich weiter", sagte die Stimme von der Erde. „Bist du empfangsbereit?"
„Bin ich immer", antwortete Tom aufgeregt. Sein Vater arbeitete nämlich schon länger auf dem Mars. Von dort war ein Funksignal eine Viertelstunde oder sogar noch länger unterwegs. Ein normales Gespräch war also nicht möglich. Man musste einfach zu lange auf eine Antwort warten. Außerdem brauchte man für einen guten Empfang eine besondere Antenne, die es nur auf der Erde gab.

„Hallo Tom", begann der große Major Tom. „Ich hoffe, dir, Stella und Plutinchen geht es gut. Wie ich höre, habt ihr schon so manches Abenteuer erlebt. Über euren Flug zum Mond wurde sogar auf dem Mars berichtet. Die Bilder, die Plutinchen aufgezeichnet hat, waren in jedem Onlinekanal zu sehen. Das habt ihr wirklich orbital gemacht!"
Nur zu gerne hätte der kleine Major Tom geantwortet und sich für das Lob bedankt, doch damit musste er warten, bis sein Vater fertig war.
„Wir kommen hier auch sehr gut voran. Das neue Gewächshaus solltest du dir mal ansehen. Schon bald werden hier Kartoffeln und Tomaten wachsen. Aber ein bisschen Geduld musst du noch haben. Vielleicht im nächsten Jahr. Wenn du noch mehr Erfahrung mit dem Space Racer hast."
„Au ja", strahlte der kleine Tom mit einer Träne im Auge. „Wir besuchen meinen Papa auf dem Mars!"
„Fantastisch!", rief Stella, die hinter ihm angeschwebt kam. „Wann starten wir?"
„Ruhe!", maulte Tom. „Das ist ein aufgezeichneter Funkspruch! Ich verpasse sonst alles!"

„ … eine neue Aufgabe für euch", hörten sie Toms Vater, der plötzlich ganz ernst klang. „Wir haben nämlich gleich drei neue Kometen entdeckt. Das ist nichts Ungewöhnliches, denn pro Jahr lernen wir etwa 20 neue Kometen kennen. Oft haben sie sich dann schon der Erde genähert. Unsere drei Kometen werden sehr nah an der Erde vorbeifliegen. Sie könnten gefährlich werden. Wir müssen daher schnell handeln und möglichst viel über sie erfahren. Zwei Raumschiffe sind schon auf dem Weg. Könntet ihr den dritten Kometen übernehmen? Da ich ihn entdeckt habe, heißt er Tom. Kometen werden immer nach ihren Entdeckern benannt. Also los! Fliegt ihr? Ich warte auf eure Antwort."

Tom und Stella sahen sich an. Über beide Gesichter huschte ein Lächeln.

„Ich werte das als ein Ja", sagte Plutinchen, die an der Bordwand über ihnen angelaufen kam.

„Major Tom an Bodenkontrolle", sprach Tom ins Mikrofon. „Wir fliegen zu dem Kometen. Papa, wir sind schon auf dem Weg!"

„Bodenkontrolle an Major Tom", sagte die Stimme aus dem Lautsprecher. „Sehr gut. Tom nähert sich schnell der Erde. Ihr müsst schon bald starten."
„Das machen wir", antwortete Tom. „Und dann fliegen wir zum Mars. Ich habe meinen Papa so lange nicht mehr gesehen."
„Wir werden die Nachricht übermitteln", sagte die Stimme. „Alle Angaben, die ihr benötigt, geben wir jetzt an euch durch."
Während der kleine Major Tom seinem Vater noch einen Gruß übermittelte, begaben sich Stella und Plutinchen zum Computer und sahen sich die Daten von der Bodenstation an.
„Ganz schön schnell", staunte Stella. „Tom ist kein langsamer Komet."
„Ich überprüfe den Space Racer", sagte Plutinchen. „Vielleicht müssen wir noch Vorräte ergänzen. Diesmal ist es weiter als bis zum Mond."

Aufbruch zum Kometen

Es dauerte dann doch zwei ganze Tage, bis Tom und Stella endlich startbereit waren. Angefangene Experimente mussten noch abgeschlossen werden. Außerdem wollten sie nicht starten, bevor sich alle Pflanzen wieder erholt hatten.

„Ohne Gewächshäuser können wir das All nicht erobern", meinte Tom, der diesen Satz von seinem Vater übernommen hatte.

„Zum Glück hat uns Plutinchen in letzter Minute geweckt", sagte Stella. „Sonst wäre unser Salat verdurstet. Können wir?"

„Space Racer ist einsatzbereit", antwortete Plutinchen, die es sich in ihrer Sitzschale bequem gemacht hatte. Tom und Stella hatten sich in ihren Sitzen angeschnallt.

„Dann kommt jetzt der Check", meinte Stella.
„Major Tom an Bodenkontrolle. Bin bereit zum Check", sagte Tom.
Auf einem Monitor vor ihm erschien eine Checkliste mit mehreren Punkten, die er nun durchgehen und überprüfen musste.
„Treibstoff okay. Sauerstoff okay. Akkus geladen."
Es dauerte eine Weile, bis er die Liste durchgesehen hatte. Aber es war alles in Ordnung.
„Major Tom an Bodenkontrolle. Wir sind jetzt startklar."

„Guten Flug!", sagte der Mann von der Bodenkontrolle. „Und grüßt bitte Tom von mir."

„Tom?", wiederholte Tom.

„Na, den Kometen!", lachte der Mann. „Wir haben ja jetzt noch einen Tom."

„Ach so. Ja, werden wir machen", antwortete Tom und griff zum Joystick. Mit sanften Bewegungen manövrierte er das Raumschiff von der Raumstation weg ins All. Erst dann konnten sie die Haupttriebwerke zünden.

„Ist unser Kurs programmiert?", fragte Tom.

„Und wie der programmiert ist", antwortete Stella. „Ich bin schon ganz gespannt auf Tom. Falls du nicht schon wieder vergessen hast, wer das ist?"

„Keine Sorge", lächelte Tom, ließ den Joystick los und huschte mit den Fingern über das Display. Schon spürten sie die Sitze in ihren Rücken. Das Raumschiff beschleunigte, dass es ihnen die Sprache verschlug. Als sie schnell genug waren, verstummten die Triebwerke wieder und der Druck ließ nach. Da das All luftleer war, bremste auch keine Luft das Raumschiff ab, das die erreichte Geschwindigkeit

einfach beibehielt. Tom und Stella waren nervös.
„Tom wird bald schon in Sichtweite kommen”, meldete sich Plutinchen zu Wort. „Genauer gesagt, der Schweif wird in Sichtweite kommen.”
„Warum hat ein Komet eigentlich einen Schweif?”, fragte Tom. „Es fliegen ja auch Asteroiden durch das All. Die haben aber keinen Schweif.”
„Weil sie aus Gestein und Metallen bestehen”, antwortete Plutinchen. „Ein Komet aber besteht aus Wassereis, gefrorenem Kohlendioxid, verschiedenen Gasen, Staub und kleinen Gesteinsbrocken.”
„Deshalb wird er also auch schmutziger Schneeball genannt”, sagte Stella. „So hat meine Mutter mal von einem Kometen gesprochen.”
„Schmutziger Schneeball. Stimmt genau”, bestätigte Plutinchen.
„Das mag ja sein”, meinte Tom. „Aber wenn ich auf der Erde mit einem schmutzigen Schneeball werfe, hat der keinen Schweif.”
„Nein, denn dazu müsste er durchs All fliegen und noch dazu auf die Sonne zu”, fuhr Plutinchen fort.

„Was hat denn die Sonne damit zu tun?", fragte Stella.
„Sehr viel", antwortete Plutinchen. „Erstens kreist ja ein Komet um die Sonne, und zwar in einer Bahn mit der Form einer Ellipse. Sie hat eine ovale Form. So wie ein Ei.
Ein Komet kommt vom Rand des Sonnensystems. Er ist ein Überrest aus der Entstehungszeit der Sonne und der Planeten vor rund 4,5 Milliarden Jahren. Weit von der Sonne entfernt, weit hinter der Bahn des Neptuns, da befinden sich viele Gesteinsbrocken und eben die schmutzigen Schneebälle.
Immer wieder wird einer von ihnen aus der Bahn geworfen und wird zum Kometen."
„Und wie geht´s weiter?", fragte Stella. „Was macht die Sonne noch?"
„Zweitens erzeugt die Sonne den Schweif, und zwar mit ihrem Sonnenwind", erklärte Plutinchen.
„Sonnenwind?", wiederholte Stella. „Ich dachte, im All gibt es keine Luft?"
Sie sah Plutinchen fragend an.
„Gibt es auch nicht", fuhr die Roboterkatze fort. „Ihr müsst wissen, der Sonnenwind besteht aus winzigen,

nicht sichtbaren Teilchen."
„Atomen?", fragte Tom.
„Ja, so ähnlich", sagte Plutinchen und nickte.
„Die Sonne schickt nämlich nicht nur ihre Sonnenstrahlen ins All, sondern auch diesen endlosen Strom aus Teilchen. Den Sonnenwind eben."
„Ahh, jetzt verstehe ich das Ganze!", sagte Tom nachdenklich. „Und diese Teilchen treffen auf den schmutzigen Schneeball. Bei einem festen Asteroiden passiert nicht viel. Aber bei dem weichen Kometen löst der Sonnenwind kleine Teile aus der Oberfläche. Weil der Sonnenwind viel Energie besitzt, bringt er diese Teilchen auch noch zum Leuchten. Der Schweif entsteht."
„Das hätte ich auch nicht besser sagen können", schnurrte Plutinchen. „Nur eines fehlt jetzt noch.

Da der Sonnenwind von der Sonne kommt, zeigt der Schweif immer von der Sonne weg. Der Schweif sagt also nichts über die Flugrichtung aus. Hat ein Komet die Sonne umkreist, fliegt er mehr oder weniger in seinen Schweif hinein.“

„Vielleicht können wir ihn schon sehen?“, meinte Stella.

Tom, Stella und Plutinchen suchten mit ihren Blicken das tiefschwarze All ab. Sie hofften, zwischen den unzähligen Sternen den Kometen Tom zu entdecken.

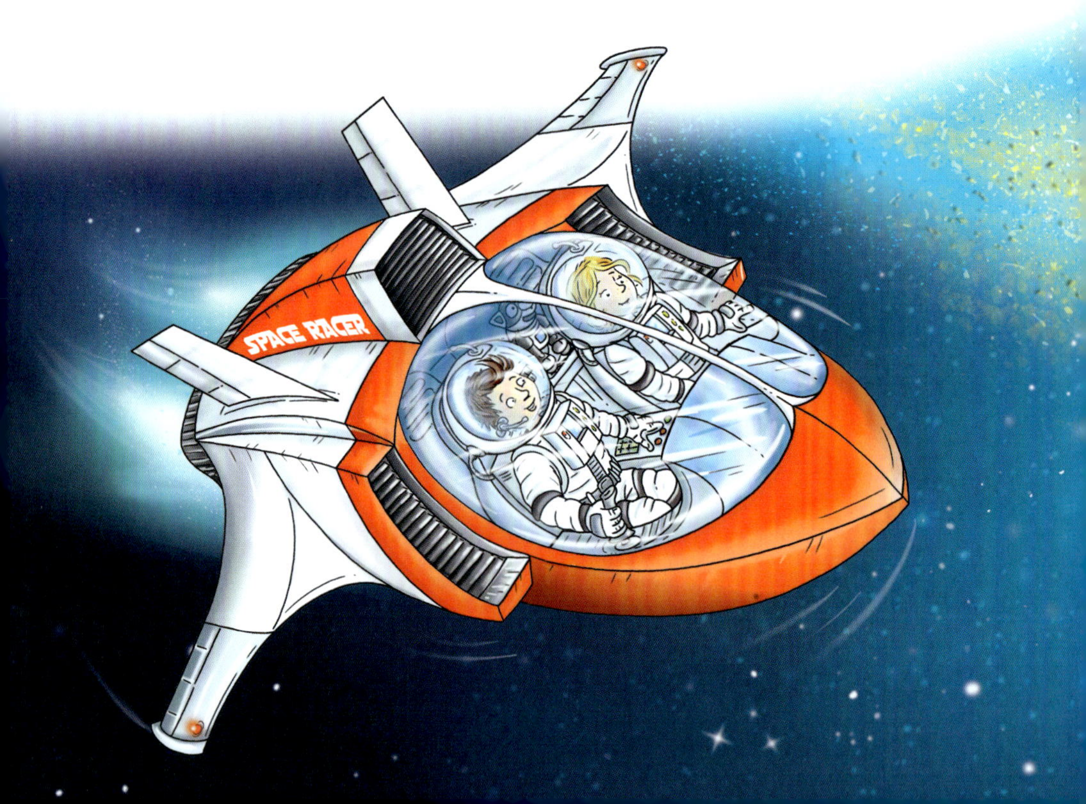

„Da ist er!“, strahlte schließlich Stella und deutete mit dem Finger auf die Scheibe.
Tatsächlich, direkt vor ihnen war der Schweif zu erkennen. Ein heller Schweif, der aussah, als würde er glühen.
„Der ist noch sehr weit weg“, stellte Plutinchen fest.
„Aber der Schweif ist doch schon deutlich zu sehen?“, wandte Tom ein.

„Das bedeutet nicht viel", widersprach die Roboterkatze. „So ein Schweif kann viele Millionen Kilometer lang werden. Er ist ein riesiges Gebilde, das man eben schon aus großer Entfernung sehen kann."

Toms Entscheidung

„Bodenkontrolle an Major Tom", meldete sich die Stimme von der Erde.
„Major Tom an Bodenkontrolle. Was gibt es?", fragte Tom sofort.
„Wir können noch immer nicht die genaue Bahn des Kometen berechnen. Seid also bitte vorsichtig! Es könnten sich kleine Brocken von der Oberfläche lösen und das Raumschiff beschädigen."
„Wir müssen unseren Kurs anpassen; sonst fliegen wir an ihm vorbei", stellte Plutinchen fest.
„Die von der Bodenkontrolle haben tatsächlich keine genauen Daten", sagte Tom und bewegte den Joystick. „Wie gut, dass wir hier sind."
„Bodenkontrolle an Major Tom. Unsere Berechnungen zeigen, dass der Komet Brocken verlieren wird. Es wäre besser, wenn ihr jetzt umkehrt. Programmiert Rückkehr zur Station.

Programmiert Rückkehr zur Station."
„Major Tom an Bodenkontrolle. Das werden wir nicht tun. Ich habe meinem Vater versprochen, den Kometen zu erforschen, und das habe ich auch vor. Wir schaffen es schon. Ich habe den Space Racer unter Kontrolle."
„Bodenkontrolle an Major Tom! Kehrt um! Programmiert sofort Rückkehr zur Station!", rief die Stimme.
Tom antwortete nicht, sondern wischte mit den Fingern über das Display und nahm den Joystick in die Hand.
„Kurs auf den Kometen!", sagte er bestimmt. Tom hatte ein Fadenkreuz auf das Display gelegt und konnte so direkt auf den Kometen zuhalten. Da sie eine sanfte Kurve flogen, spürten sie nun wieder ihre Sitze.
„Bodenkontrolle an Major Tom! Kehrt um und geht sofort auf Erdkurs! Der Flug zum Kometen ist zu gefährlich!", mahnte die Stimme von der Erde.
„Willst du wirklich weiterfliegen?", fragte Stella. „Die belügen uns doch nicht. Bestimmt ist es gefährlich."

„Natürlich ist es gefährlich. Aber es ist auch wichtig, den Kometen zu erforschen. Er könnte der Erde gefährlich nahekommen. Wir müssen ihn also besuchen“, sagte er und sah seine Freunde hilfesuchend an.
„Bodenkontrolle an Major Tom! Geht sofort auf Erdkurs!“, wiederholte die Stimme in ernstem Tonfall.
„Das gibt Ärger“, sagte Stella. „Die schmeißen uns aus der Raumstation, wenn wir jetzt nicht umkehren.“
„Meinst du wirklich?“, fragte Tom nachdenklich.
„Natürlich“, antwortete Stella. „Die schicken uns zurück zur Erde, wenn wir jetzt nicht umdrehen. Wir müssen wieder jeden Tag zur Schule gehen und unsere Zimmer aufräumen.“
„Also, was sollen wir jetzt machen?“, fragte Tom ebenso nachdenklich wie traurig. „Zum Kometen oder zurück zur Erde?“
„Ich habe einen Vorschlag“, meldete sich Plutinchen zu Wort.
Tom und Stella sahen sie mit großen Augen an.
„Wir sind doch schon sehr nahe am Kometen“, begann die Roboterkatze.

Ihre beiden Zuhörer nickten.

„Außerdem haben wir eigene Messgeräte und Messfühler an Bord“, fuhr Plutinchen fort.

Wieder nickten Tom und Stella.

„Wir können also bessere Messungen vornehmen als die Forscher von der Erde“, stellte Plutinchen fest. „Weil wir näher dran sind.“

„Das stimmt“, gab ihr Stella recht.

„Wenn wir gut messen und neue Daten ermitteln, könnten wir die Bodenkontrolle davon überzeugen, dass wir doch weiterfliegen dürfen“, meinte Plutinchen. „Wir können die Informationen liefern, die sie brauchen.“

„Eine kleine Chance“, meinte Tom, „aber wir sollten sie nutzen. An die Arbeit.“

„Ich habe die Messgeräte bereits eingeschaltet“, erklärte Plutinchen.

Auf dem Display erschienen auch schon die ersten Ergebnisse. Die genaue Entfernung des Space Racers zum Kometen wurde als Erstes angezeigt. Es folgten die Größe des Kometen und die Form.
„Fünf mal drei Kilometer im Durchmesser. Das Ding sieht aus wie eine alte, verschrumpelte Kartoffel“, bemerkte Tom.
„Wie eine schiefe Kartoffel“, ergänzte Stella. „Eigentlich wie zwei Kartoffeln, die zusammenkleben.“
„Stimmt“, nickte Tom, nachdem er sich das Bild auf dem Display konzentriert angesehen hatte, das von der Bordkamera stammte. „Wie zwei große Kartoffeln, die jederzeit auseinanderbrechen können. Außerdem sind die Kartoffeln schwarz wie die Nacht. Man kann kaum etwas erkennen. Nur der Schweif an sich ist hell.“
„Kometen gelten als die schwärzesten Körper, die es im All gibt“, wusste Plutinchen. „Sie sind schwärzer als Teer. Das liegt an der Kruste, die den Kometen umgibt. Schwarzer Staub und schwarze Steine. Die schlucken alles Licht.“

„Ein Komet ist also sehr schwer zu entdecken", schloss Stella. „Jedenfalls, bevor er sich der Sonne nähert, zu leuchten beginnt und einen Schweif ausbildet."

„Genau", sagte Plutinchen. „Vor allem diejenigen Kometen, die zum ersten Mal in Richtung Sonne unterwegs sind, entdeckt man schwer. Denn es gibt Kometen, die regelmäßig wiederkehren – da kennt man die Bahn natürlich. Aber es gibt eben auch andere, die zum allerersten Mal in die Nähe der Sonne und auch der Erde kommen. Und da muss man die Bahn erst noch berechnen, um zu wissen, ob sie unserem Planeten gefährlich werden können."

„Kompliziert", meinte Stella.

„Das ist es", stimmte Plutinchen zu. „Umso wichtiger ist es, mehr über die Kometen zu erfahren. Da! Das Display zeigt neue Ergebnisse an!"

„Geschwindigkeit, Flugbahn, ungefähre Masse", fasste Tom zusammen und sprach ins Mikrofon: „Major Tom an Bodenkontrolle. Wir haben ein paar Messungen durchgeführt, die wir jetzt übermitteln. Inzwischen können wir den Kurs

genau festlegen. Auch ohne Daten von der Erde."
Es wurde still im Raumschiff. Alle warteten auf eine Antwort. Doch die Lautsprecher und Kopfhörer schwiegen.

„Vielleicht haben sie unsere Nachricht nicht empfangen?", fragte sich Stella.

„Die Verbindung ist gut", meinte Plutinchen. „Ich kann keine Störungen feststellen. Bestimmt prüfen sie erst einmal unsere Messungen."

Wieder wurde es still.

„Sollen wir unseren Funkspruch wiederholen?", fragte Tom.

„Die brauchen einfach noch etwas Zeit", antwortete Plutinchen. „Und wir etwas Geduld."

„Geduld ist anstrengend", meinte Stella.

Tom nickte und behielt die Anzeigen und Instrumente im Auge. Noch immer flogen sie dem Kometen entgegen.

„Bodenkontrolle an Major Tom", vertrieb endlich die vertraute Stimme die Stille an Bord.

„Major Tom an Bodenkontrolle. Wir sind auf Empfang!", meldete sich Tom aufgeregt.

„Eure Ergebnisse haben uns überzeugt. Fliegt weiter zum Kometen und führt weitere Messungen durch", erklärte die Stimme. „Aber seid bitte äußerst vorsichtig. Trotz eurer Messungen wissen wir immer noch sehr wenig über Tom."

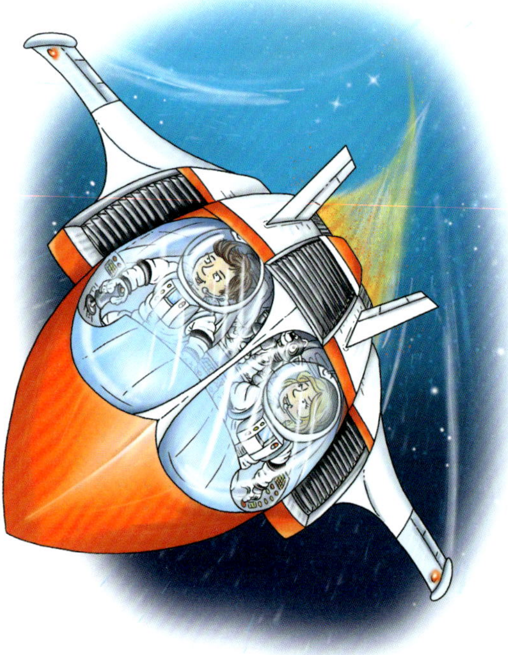

„Über mich?", fragte Tom erstaunt.

„Über den Kometen", erklärte die Stimme.

„Der heißt ja auch Tom."

„Ach ja, das hatte ich schon wieder vergessen", sagte Tom, während Stella schmunzelnd den Kopf schüttelte.

„Guten Flug!", wünschte die Stimme und schwieg wieder.

„Orbital!", rief Tom. „Wir haben es geschafft! Wir müssen nicht umkehren!"

„Freu dich nicht zu früh“, hielt ihm die Roboterkatze entgegen. „Noch sind wir nicht da. Und wir wissen nicht, was uns erwartet.“

Auf dem Display wuchs langsam und stetig der Komet, von dem mit bloßem Auge nur der Schweif zu erkennen war.

„Als ob er glüht“, meinte Stella. „Ein glühender, schmutziger Schneeball. Der Weltraum ist voll von Geheimnissen.“

„Aber wir werden sie enträtseln“, prahlte Tom.

„Wenigstens ein paar dieser Geheimnisse“, wandte Plutinchen ein. „So, der neue Kurs ist berechnet. Du kannst den Joystick loslassen.“

Tom schaltete die automatische Steuerung ein und richtete seinen Blick auf den Kometen.

„Wir sind bald da“, sagte Stella, die ihren Blick nicht von dem Kometen abwenden konnte.
„In einer Stunde wird der Space Racer abbremsen“, fügte Plutinchen hinzu.
„Unsere Instrumente zeigen an, dass der Komet auseinanderbrechen könnte“, stellte Tom fest. „Aus der Kartoffel könnten zwei werden.“
„Durch den Sonnenwind wird der Komet immer kleiner“, erklärte Plutinchen. „Er verliert immer mehr von seinem Eis.“
„Wir sollten uns beeilen“, meinte der kleine Major Tom.
„Da! Die Kartoffel hat sich bewegt!“, rief Stella. „Oder habe ich mich getäuscht?“
„Schwer zu sagen“, antwortete Tom, der gebannt auf das Display starrte. „Ich kann wirklich gar nichts entdecken.“
Nach einiger Zeit drehte sich schließlich der Space Racer und sie flogen nun mit dem Heck voran auf den Kometen zu. Das Raumschiff startete die Triebwerke

und bremste so den Flug ab. Tom, Stella und Plutinchen wurden in ihre Sitze gedrückt.
Als der Bremsvorgang beendet war, drehte sich das Raumschiff ein zweites Mal.
Sie flogen wieder mit dem Bug voran, allerdings ganz langsam. Dann hatten sie den Kometen erreicht.
„Die Kartoffel scheint zu glühen“, raunte Stella beim Anblick des Kometen. „Eine glühende Kartoffel.“
„Dieses Glühen nennt man Koma“, erklärte Plutinchen. „Dafür ist auch der Sonnenwind verantwortlich. Er löst winzige Teile aus dem Kometen und bringt sie zum Leuchten. Wie beim Schweif. Der Komet glüht aber nicht wirklich. Es sieht nur so aus.“
„Wir können also auf ihm landen?“, fragte Tom.
„Davon rate ich ab“, antwortete die Roboterkatze.
„Das ist einfach zu gefährlich. Tom verliert an Masse. Es lösen sich kleinere und größere Brocken. Er wird langsam immer kleiner.“
„Dann setzen wir eben wieder unsere Messgeräte ein“, meinte Tom. „Die müssten jetzt noch bessere Ergebnisse liefern. Er ist ja fast zum Greifen nahe.“

„Oder ihr setzt mich auf dem Kometen ab und ich nehme ein paar Bodenproben", schlug Plutinchen vor. Tom und Stella sahen sie verwundert an.
„Was habt ihr denn?", fragte die Roboterkatze. „Ich bin stabil gebaut, brauche keinen Raumanzug und habe einen eigenen Antrieb."
„Aber was ist, wenn der Komet auseinanderbricht?", fragte Stella sorgenvoll.
„Wir müssen uns eben beeilen", sagte Tom. „Ich fliege so nah wie möglich an den Kometen heran und Plutinchen steigt aus."
„Gut", stimmte Stella zu. „Aber sie kommt gleich wieder zurück."
„Bestimmt", versicherte Plutinchen. „Ich werde blitzschnell sein."

Plutinchens Einsatz

„Dann starten wir jetzt die Mission Landung auf Tom“, sagte Tom und nahm den Joystick in die Hand. Mit einer sanften Bewegung lenkte er den Space Racer auf den Kometen zu, der schnell größer wurde.
„Sieht aus wie ein dunkler Abgrund“, flüsterte Stella.
„Willst du da wirklich hin?“
„Dauert ja nicht lange“, antwortete Plutinchen, drehte sich um und kehrte mit einem Sammelbehälter zurück.
„Es kann losgehen.“
„Wir setzen nur schnell unsere Helme auf“, sagte Tom.
„Wenn du aussteigst, entweicht ja unsere Luft.“
Das Raumschiff schien auf den Kometen zu stürzen, doch Tom fing den Space Racer rechtzeitig ab und öffnete kurz eine kleine Luke. Schon war Plutinchen im Weltall. Sie drehte sich ein paarmal und zündete dann die Raketendüsen in ihren Pfoten. Wie ein Pfeil raste sie auf den Kometen zu und tauchte in die Koma ein.

„Wo ist sie?“, fragte Stella aufgeregt.
„Ich kann sie nicht mehr sehen!“
„Aber ihr Signal ist auf dem Display“, beruhigte sie Tom. „Der rote Punkt. Sie hat die Oberfläche gleich erreicht.“
„Die Oberfläche eines schwarzen Schneeballs!“, wandte Stella ein. „Sieh dir das doch mal an. Als wären wir in der Hölle gelandet.“
Auf dem Display sank der kleine, rote Punkt immer tiefer. Plötzlich blieb er stehen. Plutinchen hatte die Oberfläche erreicht.
„Die Katze ist gelandet“, sagte Stella.

„Alles in Ordnung?“, fragte Tom über Funk.
Die Antwort war ein knackendes, knisterndes Geräusch aus den Kopfhörern, die sie unter ihren Helmen trugen.
„Zu viele Störungen“, sagte Tom. „Die Funksignale kommen nicht durch.“
„Hoffentlich ist ihr nichts zugestoßen!“, meinte Stella.
„Bestimmt nicht“, versicherte Tom und verfolgte den roten Punkt auf dem Display, der sich langsam bewegte. „Sie sammelt jetzt ein paar Proben von der Oberfläche. Wahrscheinlich ...“
„Der Komet!“, rief Stella ins Mikrofon. „Er ... er bewegt sich!“
„Ich sehe nichts“, entgegnete Tom. „Du musst dich getäuscht haben.“

„Doch, da hat sich etwas bewegt“, widersprach Stella.

„Gut, dann müssen wir Plutinchen warnen“, entschied Tom.

„Plutinchen! Komm sofort zurück!“, rief Stella. „Da stimmt etwas nicht mit dem Kometen!“

Wieder knackte und knisterte es in den Kopfhörern. Doch dann hörten sie endlich die vertraute Stimme: „Habe verstanden. Danke für die Warnung. Ich sammle nur schnell noch ein paar von den schwarzen Brocken ein. Könnt ihr meine Bilder empfangen?“

Auf dem Display vor ihnen tanzten plötzlich graue und schwarze Steine, bevor sich die Übertragung beruhigte. Die Oberfläche des Kometen war eine fremde Welt aus dunklen Farben. Einige Stellen sahen aus, als hätte jemand Teer ausgekippt; dann glaubten sie, schwarzes Eis zu sehen.

Wenig später konnten sie kleine Einschlagskrater erkennen, während der Schweif hinter dem Kometen zu brennen schien.
„Orbital!“, staunte Tom.
„Solche Bilder haben nicht einmal die Raumsonden gemacht, die Kometen besucht haben“, stimmte Stella zu und wischte mit dem Finger über ein zweites Display. „Ich werde sie sofort zur Erde übermitteln. Bestimmt freuen sich die Kometenforscher darüber.“
Plötzlich wurden die Bilder unscharf und begannen wieder zu tanzen.
„Plutinchen? Ist alles in Ordnung?“, rief Tom ins Mikrofon.
„Hier wird es langsam ungemütlich“, antwortete die Roboterkatze.
„Bist du endlich fertig?“, fragte Stella sorgenvoll. „Komm bitte so schnell wie möglich zurück!“
Die Antwort war das bekannte Knacken und Knistern.
„Da! Der rote Punkt bewegt sich!“, stellte Tom erleichtert fest. „Sie hat die Oberfläche wieder verlassen!“

„Das wurde aber auch Zeit“, sagte Stella. „Sieh dir mal den Kometen an. Die beiden Kartoffeln scheinen sich voneinander zu lösen.“

„Tatsächlich! Der Komet bricht auseinander. Wie wir es befürchtet hatten“, staunte Tom.

„Jetzt gibt es zwei Kometen“, meinte Stella. „Den großen und den kleinen Tom.“

„Kommt mir bekannt vor“, lächelte der kleine Major Tom, während er den roten Punkt verfolgte, der sich langsam dem Raumschiff näherte.

„Ist sie in Sicherheit?“, fragte Stella.

„Ich glaube schon“, meinte Tom. „Sie ist gleich da.“

„Der kleine Tom ist aber auch gleich da“, raunte Stella. „Sieh nur, er kommt näher.“

„Ach du dickes Mondkalb!“, rief Tom. „Der hat es wohl auf Plutinchen abgesehen!“

„Und auf uns!“, sagte Stella. „Wir müssen sofort unseren Kurs ändern, sonst rammt uns der Komet!“

„Aber Plutinchen ist noch nicht wieder an Bord!“, hielt ihr Tom entgegen. „Wir müssen noch warten!“

„Das können wir nicht“, erwiderte Stella. „Sonst stoßen wir mit dem Kometen zusammen.“

„Dann sind wir eben schneller“, sagte Tom, griff zum Joystick und zündete die Triebwerke. Nach einer ziemlich engen Kurve flog er mit dem Space Racer direkt auf Plutinchen zu.

„Der Komet!“, schrie Stella.

„Plutinchen!“, schrie wiederum Tom. „Hefte dich an den Space Racer!“

„Okay!“, antwortete Plutinchen, auf die das Raumschiff zugerast kam.

Die Roboterkatze beschleunigte, drehte sich und erwischte tatsächlich den Rumpf. Mit ihren Haftfüßen hielt sie sich fest, zusätzlich hakte sie sich mit einem ihrer Greifhaken an einer der kleinen Antennen ein. Tom ließ die Triebwerke Funken sprühen, denn der Komet schoss auf das Raumschiff zu wie eine Kanonenkugel.

„Das wird eng!“, rief Stella.

„Aber nicht zu eng“, triumphierte Tom, dem es tatsächlich in allerletzter Sekunde gelang, dem Kometen auszuweichen. In einer eleganten Kurve flog er ihm davon. Lautlos schoss die unförmige Kugel am Space Racer vorbei.

„Gerettet!“, schnaufte Stella. Aber sie freute sich nur kurz, denn kaum hatten sie den kleinen Tom passiert, flogen sie direkt auf den großen Tom zu. „Oh nein, der ist ja auch noch da!“

Der kleine Major Tom drückte den Joystick nach rechts und flog eine weitere Kurve. So konnte er zwar dem großen Tom ausweichen, geriet jedoch genau auf dessen Flugbahn.

„Noch mal gerettet“, schnaufte Stella. „Aber jetzt verfolgt uns das Ding!“

„Das sehe ich auch“, antwortete Tom. „Aber wir müssen erst Plutinchen an Bord holen. Dazu muss ich jetzt geradeaus fliegen und das Schiff ruhig halten.“

„Du kannst reinkommen!“, sprach Stella in ihr Mikrofon.

Die kleine Luke am Boden öffnete sich und die Roboterkatze marschierte mit ihren Haftfüßen ins Cockpit. In ihrem Maul hielt sie den Behälter mit den Bodenproben.

Nachdem Tom die Luke wieder geschlossen hatte, ließ er Luft ins Cockpit. Der Druck war wiederhergestellt, sie konnten die Helme abnehmen.

Die Erde in Gefahr

„Alles in Ordnung?“, fragte Tom, ohne den Kometen aus den Augen zu lassen.
„Alles in Ordnung“, antwortete Plutinchen. „Dank der Bodenproben können die Forscher die genaue Zusammensetzung des Kometen ermitteln. Wie sieht sein Kurs aus, nachdem er sich geteilt hat?“
„Er ist genau hinter uns“, erklärte Stella. „Wahrscheinlich will er mit uns mitkommen.“
„Ich bringe den Behälter ins Gefrierfach“, sagte Plutinchen. „Sonst taut der schmutzige Schnee noch auf.“
„Laut Bordcomputer fliegt der kleine Tom in Richtung Sonne“, beantwortete Tom die Frage der Roboterkatze. „Der große Tom hat sich für einen sehr nahen Erdkurs entschieden.“
„Das ist gar nicht gut“, meinte Stella. „Könnte er denn die Erde treffen?“
„Ich überprüfe den Kurs“, antwortete Plutinchen

und loggte sich in den Bordcomputer ein. „Die Möglichkeit besteht tatsächlich. Bei so einem Kometenbruchstück weiß man das nie genau."

„Was können wir tun?", fragte Stella.

„Zerstören können wir ihn jedenfalls nicht", antwortete Tom. „Wir haben ja keine Waffen an Bord. Wir sind friedliche Forscher, keine Weltraumkrieger."

„Das hätte auch keinen Sinn", erklärte Plutinchen. „Um einen so großen Kometen zu zerstören, bräuchtet ihr schon sehr viel Sprengstoff. Außerdem würden dann große Trümmer auf verschiedenen Bahnen durchs All fliegen. Manche großen Bruchstücke könnten dann immer noch die Erde treffen. Gefährlich wäre es außerdem."

„Aber wir könnten ihn vielleicht von seiner Bahn abbringen?", schlug Tom vor. „Wäre das möglich?"

Plutinchen brauchte ein paar Sekunden für die Antwort, denn sie musste viele Berechnungen durchführen.

„Ja", antwortete sie schließlich. „Wir können unseren Greifarm ausfahren, mit ihm am Kometen andocken und dann die Triebwerke starten.

Ein paar Minuten müssten genügen."
„Bist du sicher?", fragte Stella nach. „Der Komet ist riesig und wir sind winzig klein. Dreht euch mal um und seht euch den fetten Brocken an. Unser Antrieb wirft ihn bestimmt nicht aus seiner Bahn. Wie sollen wir ihn ins All schleudern?"
„Das brauchen wir gar nicht", erklärte Plutinchen. „Es reicht völlig aus, ihn nur ein kleines bisschen von seiner Bahn abzubringen. Ein paar Meter nur. Und schon fliegt er weit entfernt an der Erde vorbei. Denn wenn er die Erde erreicht, sind aus ein paar Metern viele Tausend Kilometer geworden. Es ist so, als würden wir eine Weiche stellen. Im Laufe der Zeit entfernen sich die beiden Gleise immer weiter voneinander."
„Du meinst, die alte und die neue Bahn?", hakte Stella nach.
„Genauso ist es", schnurrte die Roboterkatze.
„Worauf warten wir dann noch?", fragte Stella. „Der Komet ist ja schon da."
„Es ist natürlich gefährlich", gab Plutinchen zu bedenken.

„Das habe ich mir schon gedacht“, meinte Tom. „Aber für die Erde könnte es noch gefährlicher werden. Also los!“

„Ich habe den Kurs schon berechnet. Ich erkläre es euch schnell“, sagte Plutinchen. „Zuerst lassen wir uns etwas zurückfallen, sodass wir neben dem Kometen fliegen.“

„Wird gemacht“, nickte Tom und drückte den Joystick zur Seite. Er wich dem Kometen aus und flog wenig später direkt neben ihm.

„Greifarm ausfahren!“, sagte Tom. Sofort betätigte Stella den Schalter und aus der Bugspitze fuhr langsam ein mehrere Meter langer Greifarm aus glänzendem Metall mit zwei Gelenken und einer Greifhand aus.

„Perfekt“, sagte Tom und drehte nun das Raumschiff, sodass es mit der Backbordseite, also der linken Seite, voran flog. Das Cockpit war nun genau auf den Kometen gerichtet, der heller als die Sonne leuchtete. Aber Tom hatte die Scheiben längst getönt. Sie sahen auf den Kometen wie durch eine Sonnenbrille.

„Ich versuche jetzt, mit dem Greifarm aufzusetzen“, sagte Tom. Er betätigte die kleinen Steuerdüsen und der Space Racer näherte sich dem glühenden Schneeball, der auf die Sonne und die Erde zuschoss.

„Ich habe es ja gesagt. So stelle ich mir die Hölle vor“, meinte Stella.

„Weiter“, ermutigte Plutinchen den Piloten. „Noch 500 Meter.“

Der kleine Major Tom ließ den Greifarm nicht aus

den Augen. Auch nicht, als der Space Racer zu zittern begann.

„Das sind kleine Teilchen, die sich vom Kometen lösen“, sagte Plutinchen. „Noch 300 Meter.“

„Gar nicht so leicht, in die Hölle zu kommen“, meinte Stella.

„Vor allem, wenn ich nicht in ihr landen will“, fügte Tom hinzu. „Denn wir wollen ja wieder zurück zu unserer Raumstation.“

„Noch 100 Meter“, sagte Plutinchen, während das Raumschiff erzitterte. „Lass dich nicht ablenken. Immer weiter geradeaus.“
Jetzt konnten sie die schwarze Oberfläche sehen, die wie verkohlt aussah – wie ein Stück Holzkohle aus einem Grill.
„Bremsen!“, mahnte Plutinchen. Dann gab es einen heftigen Ruck. Tom und Stella fielen in ihre Gurte.
„Wir sind da“, sagte Tom und zündete die Triebwerke. Jetzt begann der Space Racer erst richtig zu zittern. Als würde sich ein Schiff gegen eine starke Strömung stemmen.
„Ich habe Angst“, gestand Stella. „Was ist mit euch?“
„Ich habe schon länger Angst“, gab Tom zu.
„Ich habe kein Programm für Gefühle wie Angst“, erklärte Plutinchen. „Gib noch mehr Gas, Tom!“
„Aber der Space Racer?“, warf er ein.
„Der ist sehr stabil gebaut“, entgegnete Plutinchen. „Der hält das aus.“
Tom erhöhte die Leistung der Triebwerke, ohne dass sie etwas bemerkten.
„Der Komet scheint sich nicht zu bewegen“, meinte er.

„Das täuscht“, versicherte Plutinchen. „Er hat seine bisherige Bahn schon verlassen. Ein paar Minuten noch.“

„Wir müssen auf den Treibstoff achten“, sagte Stella, die immer wieder auf ihr Display sah. „Sonst reicht er nicht mehr für den Rückflug!“

„Er bewegt sich!“, rief Tom. „Ich spüre es. Der Komet hält nicht still.“

„Der Greifarm“, hauchte Stella. „Er verbiegt sich.“

„Wir sollten schnell verschwinden“, empfahl Plutinchen. „Sofort!“

Tom stoppte die Triebwerke und betätigte die Steuerdüsen. Der verbogene Greifarm löste sich von der Kometenoberfläche, ließ sich aber nicht mehr einziehen.

„Der ist hin“, meinte Tom und drückte auf einen Knopf, um den Greifarm vom Raumschiff abzutrennen. Dieser taumelte kurz durch das All und fiel dann auf den Kometen, wo er lautlos aufschlug. Es entstand eine Fontäne aus Staub und Dreck. Aber das spielte jetzt keine Rolle. Tom wendete das Raumschiff und zündete erneut die Triebwerke.

„Haben wir es geschafft?“, fragte er aufgeregt.

Wieder brauchte Plutinchen ein paar Sekunden für die Berechnungen.

„Ja, haben wir“, miaute sie schließlich. „Keine Gefahr mehr für die Erde. Er wird wohl auf die Sonne stürzen. Und die kann es verkraften.“

„Puh!“, schnaufte Stella. „Lasst uns bloß nach Hause fliegen.“

In diesem Moment meldete sich die Erde.

„Bodenkontrolle an Major Tom. Bitte kommen.“

„Major Tom an Bodenkontrolle. Was gibt es?“, antwortete er.

„Eure Messergebnisse sind sensationell. Noch sensationeller sind allerdings die Bilder von der Oberfläche. Glückwunsch, das habt ihr fantastisch gemacht! Wir warten jetzt gespannt auf eure Bodenproben", sagte die Stimme.

„Danke! Wir sind schon wieder auf dem Rückflug", meldete Tom.

„Ach ja, der Komet ist in zwei Teile zerbrochen. Aber das dürfte euch kaum entgangen sein. Der kleine Brocken hat die alte Bahn beibehalten. Der große Brocken wäre fast auf Erdkurs gegangen. Doch zum Glück hat er vor ein paar Minuten eine neue Bahn gefunden."

„Gut zu wissen", antwortete Tom. „Ach ja, wir haben unseren Greifarm verloren."

„Wenn es weiter nichts ist? Den können wir schnell ersetzen. Weiterhin guten Flug", fuhr die Stimme fort. „Und nochmals danke für euren Einsatz."

„Es war uns ein Vergnügen", sprach Stella ins Mikrofon.

„Erdkurs liegt an“, bestätigte Plutinchen. „Du kannst den Joystick loslassen. Die Automatik übernimmt. Was jetzt noch fehlt ...“

„... ist eine Tasse Space Tea“, freute sich Stella.

„An Bord unserer Station Space Camp 1“, ergänzte Tom. „Und zum Abendessen ein leckerer Salat!“

Der kleine Major Tom

Logbuch

Kometengefahr // Eintrag 1

Schon in den ersten Raumstationen wurde versucht, Pflanzen zu züchten. Später haben Forscher auf der Erde ganze Gewächshäuser für das All gebaut und getestet. Etwa das EDEN ISS Gewächshaus, das ab 2015 in Deutschland entwickelt wurde. Denn ohne den Anbau von frischem Gemüse, von Salat und sogar Getreide sind Langzeitreisen im All oder Mond- und Marsstationen gar nicht denkbar. Zum einen können Raumfahrer nicht sämtliche Nahrung mitnehmen; zum anderen ist frische Nahrung gesünder. Und auch leckerer.

Kometengefahr // Eintrag 2

Ich habe in der Bodenstation nachgefragt, woher die Kometen kommen. Weit außerhalb der Bahn des Neptuns umkreist eine scheibenförmige Ansammlung von unzähligen kleinen Körpern die Sonne. Diese Ansammlung heißt Kuipergürtel, benannt nach dem amerikanischen Wissenschaftler Gerard Kuiper. Die vielen kleinen Körper und Zwergplaneten sind bei der Entstehung des Sonnensystems übrig geblieben. Hin und wieder stoßen sie zusammen und die Bruchstücke werden als Kometen ins All geschleudert. Noch weiter entfernt von der Sonne gibt es die Oortsche Wolke, eine weitere Ansammlung von Bruchstücken und Zwergplaneten. Sie ist nicht scheibenförmig, wie der Kuipergürtel, sondern umgibt das Sonnensystem wie eine Wolke. Auch von dort können Kometen stammen.

Kometengefahr // Eintrag 3

Ich habe heute herausgefunden, dass unser Komet nicht der erste ist, der in zwei Teile zerbrochen ist. Denn es gab einen Kometen namens Biela, benannt nach seinem Entdecker, dem Österreicher Wilhelm Freiherr von Biela. Das war 1826. Alle sechs Jahre und sieben Monate umkreiste dieser Komet die Sonne.

Doch 1846 hatte der Sonnenwind ihn so weit aufgelöst, dass er in zwei Teile zerbrochen ist. Später ist er völlig zerbröselt. Die Reste sind zu Staub und zu Sternschnuppen geworden. Das wird wohl mit unserem Kometen auch passieren. Irgendwoher müssen ja die Sternschnuppen kommen.

Plutinchens Aufnahme einer Sternschnuppe

Die Kreativ-Crew rund um den kleinen Major Tom

© Kurt Fuchs

Bernd Flessner

... hat am 24.11.1957 Geburtstag.
Er wurde in Göttingen geboren, ist aber am Meer aufgewachsen. Seine Lieblingsfarbe ist Rot. Am liebsten schreibt er Bücher für Erwachsene und Bücher für Kinder. Wenn er mal gerade nicht schreibt, dann kocht er. Sein Lieblingsgericht ist selbst gemachte Lasagne. Bernd Flessner ist ein begeisterter Zukunftsforscher – ihn interessiert alles, was mit Raumfahrt und Weltall zusammenhängt. Sein größter Wunsch wäre es, einmal zum Mars zu fliegen (und zurück natürlich, damit er von seinem Abenteuer berichten kann).

© Stefan Lohr

Stefan Lohr

... hat am 5.5.1972 Geburtstag.
Er wurde in Leutkirch geboren und lebt heute in Ravensburg. Seine Lieblingsfarbe ist Blau. Und am liebsten illustriert er Bücher für Kinder. Wenn er Zeit hat, dann fährt er gern Achterbahn. Am liebsten mit Doppellooping. Sein größter Wunsch ist es, einmal mit Major Toms Space Racer ein paar Loopings im Weltall zu drehen.

Peter Schilling

Wer kennt nicht „Major Tom (völlig losgelöst)“ und hat dazu schon mal ordentlich abgetanzt? Der Sänger und Songschreiber Peter Schilling, von dem dieser und noch viele andere Songs stammen, hatte die geniale Idee, die Geschichte aus dem weltbekannten Lied weiterzuerzählen – und zwar als Geschichte für Kinder. Er ist, wie er sagt, im Herzen ein Kind geblieben und hat so die Idee zum kleinen Major Tom, Stella und Plutinchen gehabt. Und weil er den Autor und Weltraumfan Bernd Flessner kennengelernt hat, sind daraus Geschichten entstanden. Peter Schilling möchte gerne, dass Kinder die Möglichkeit bekommen, so viel wie möglich über unsere Welt und das Universum zu erfahren. Deshalb tauscht er sich gerne vor seinen Konzerten mit Kindern über das spannende Thema Weltraum aus.

Bisher erschienen:

Band 1: Völlig losgelöst
ISBN 978-3-7886-4001-9

Bd. 2: Rückkehr zur Erde
ISBN 978-3-7886-4002-6

Bd. 3: Die Mondmission
ISBN 978-3-7886-4003-3

Bd. 4: Kometengefahr
ISBN 978-3-7886-4004-0

Bd. 5: Gefährliche Reise zum Mars
ISBN 978-3-7886-4005-7

Bd. 6: Abenteuer auf dem Mars
ISBN 978-3-7886-4006-4

Bd. 7: Außer Kontrolle!
ISBN 978-3-7886-4007-1

Bd. 8: Verloren im Regenwald
ISBN 978-3-7886-4008-8

Bd. 9: Im Bann des Jupiters
ISBN 978-3-7886-4009-5

Bd. 10: Im Sog des Schwarzen Lochs
ISBN 978-3-7886-4010-1

Bd. 11: Wer rettet Ming und Hu?
ISBN 978-3-7886-4011-8

Bd.12: Plutinchen in Gefahr
ISBN 978-3-7886-4012-5

Bd. 13: Die Wüste lebt
ISBN 978-3-7886-4013-2

Space School:

Bd. 1: Abenteuer Raumfahrt
ISBN 978-3-7886-4113-9

Bd. 2: Künstliche Intelligenz
ISBN 978-3-7886-4114-6

Hörspiele:

Völlig losgelöst
ISBN 978-3-7886-4101-6

Rückkehr zur Erde
ISBN 978-3-7886-4102-3

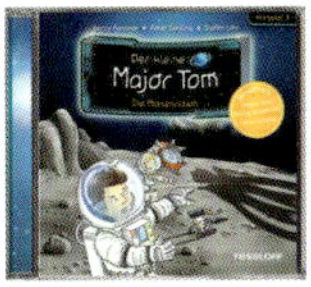

Die Mondmission
ISBN 978-3-7886-4103-0

Kometengefahr
ISBN 978-3-7886-4104-7

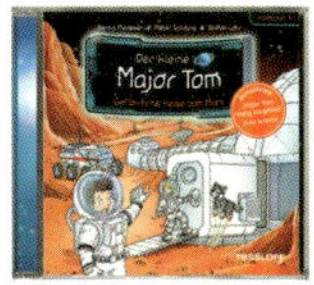

Gefährliche Reise zum Mars
ISBN 978-3-7886-4105-4

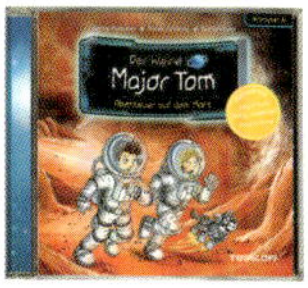

Abenteuer auf dem Mars
ISBN 978-3-7886-4106-1

Außer Kontrolle!
ISBN 978-3-7886-4107-8

Verloren im Regenwald
ISBN 978-3-7886-4108-5

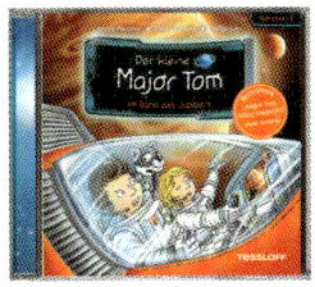

Im Bann des Jupiters
ISBN 978-3-7886-4221-1

Im Sog des Schwarzen Lochs
ISBN 978-3-7886-4222-8

Rätselhefte mit Fensterstickern:

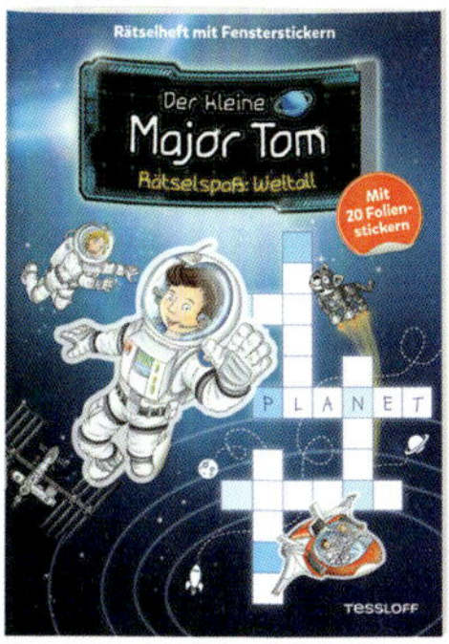

Rätselspaß: Weltall
ISBN 978-3-7886-4109-2

Rätselspaß: Blick auf die Erde
ISBN 978-3-7886-4110-8

Rätselspaß: Mond
ISBN 978-3-7886-4112-2

Rätselspaß: Planeten
ISBN 978-3-7886-4111-5

Freundealbum:

Meine Freunde
ISBN 978-3-7886-4115-3